KB171478

멍세핀

멍세핀

박유진 소설 ― 안유진 그림

창비

차 례

"난 엄마가 아홉 명이에요."

마지막 카드를 꺼냈다. 그만큼 막다른 골목이다.
내가 이런 얘길 꺼내면 반응은 대부분 두 가지다.
불쌍한 눈으로 쳐다보거나, 혀를 끌끌 차거나.

사람들은 우리 아빠가 엄청난 바람둥이거나 내
가 거짓말하고 있다고 단정해 버린다. 어떤 반응
이든 사람들이 나의 고백에 당황한다는 점은 같다.

왕따를 당할 수도 있어서 친구들 앞에서는 말하지 않지만 어른들, 특히 내 잘못으로 선생님 앞에 불려 왔을 때는 얘기가 다르다. 난 지금 동정심이 필요하다. 지금 내 앞에 있는 상담 선생님의 눈빛도 흔들렸다. 오케이, 기선 제압 성공.

"그러니? 난 아주 어릴 때부터 엄마가 없었는데. 새엄마조차도."

상담은 금세 여유를 되찾고 책상 위에 쌓인 서류를 훑어보며 건성으로 대답했다. 보통이 아닌데? 학생한테 엄마 없이 컸다고 고백까지 하다니. 난 마른침을 삼켰다. 말려들면 안 된다. 감정적으로 굴면 더욱 안 된다. 정신 바짝 차려야 한다. 이럴 때 내가 쓰는 방법은 독설이다.

"글쎄요. 아홉이 나을까요, 없는 게 나을까요?"

상담은 날 정면으로 응시했다. 요놈 봐라, 하는 말이 표정에서 읽혔다. 슬렁슬렁 시간만 때우려고 했죠? 그런데 쉽지 않은 애라는 걸 이제 깨달은 거죠? 진작 그러실 것이지. 내가 이래 봬도 국제적 사고를 치고 여기까지 온 몸인데.

"다다익선이란 말도 있지."

상담은 급할 거 없다는 듯이 주스까지 홀짝였다.

"없느니만 못했거든요!"

나는 좀 화가 나서 상담한테 내가 얼마나 억울하게 살아왔는지 얘기하고 싶어졌다. 비

록 사고를 쳤지만 일방적으로 매도하지
말고 내 말을 좀 들어 달라고. 그러라고
엄마한테 돈 받고 앉아 있는 거 아닌가? 하
지만 감정적이어선 안 된다. 감정에 빠져 버
리면 주체할 수 없을 정도로 흔들리는 게 내 유
일한 단점이다. 엄마 얘기를 하다 보면 엄마가 미
웠고, 아빠가 원망스러웠고, 할머니가 그리웠다.
외롭고 또 외로웠다. 외로움은 어른들에게 나를 이
해시키는 키워드다. 일단 꺼냈으면 가치 있게 써야
한다. 조세핀을 위해서.

"그래. 사실 누구에게나 나름의 힘든 점이 있지.
선생님이 보기엔 우리 둘 다 힘든 삶을 살았을 것
같긴 해. 그래도 엄마랑 상관없이 이렇게 훌륭하게
컸잖니?"

상담은 나를 향해 웃어 보였다. 억지로 짓는 웃음이 아니었다. 극과 극은 통한다더니, 이 사람과는 말이 좀 통할 것 같은 느낌이다. 아니, 아니다. 한두 번도 아니고, 여기에 속으면 안 된다. 앞에선 친절한 척, 다 이해하는 척 미소를 띠다가 뒤에선 엄마한테 당신 아이는 구제불능이라고 쪼르르 일러바친 일이 어디 한두 번이랴. 게다가 자칫 잘못 말했다간 조세핀이 쫓겨나고 보모가 또 바뀔지도 모른다. 나도 모르게 손에 힘이 잔뜩 들어갔다. 그것만은 막아야 한다.

상담은 처음과 다르게 부드럽게 물었다. 상담계의 선수라더니, 보통이 아니다.

"엄마가 아홉이라니, 무슨 뜻인지 말해 줄 수 있니?"

냉정해지자는 내 결심과는 반대로 입에선 술술 얘기가 나왔다.

"울 엄만 날 낳기만 했지 엄마 노릇을 안 했어요. 그러니까 생물학적으로만 엄마인 거죠. 국적도 성격도 나이도 다 다른 여자들이 제 엄마였어요. 다섯 살 때인가 아빠랑 같이 살 때는 할머니가 키워 주셨는데, 그 다음에 중국 교포 입주 엄마, 청소 도우미 엄마, 이모라고 부르라던 보모들…… 그리고 지금 엄마 노릇하라고 필리핀에서 데리고 온 조세핀이 아홉 번째예요. 세어 보면 아홉, 맞아요."

난 될 수 있으면 담담하게 보이려 애썼지만 마음대로 되는 일이 아니었다. 어릴 적 이야기만 나오면 자동으로 수도꼭지를 튼 것처럼 말이 쏟아져 나오고 눈가가 시큰거렸다. 참으면 참을수록 감정이 격해졌다. 아줌마의 거친 손이 아닌 엄마의 부드러운 손으로 목욕 한번 해 봤으면 좋겠다고 빌었던 일곱 살의 크리스마스를 얘기할 즈음에는 아예 제어가 안 됐다. 친구 집에 놀러 가서 친구 엄마를 보며 느꼈던 상실감, 엄마 앞에선 잘해 주다가 둘만 남으면 서늘한 눈빛으로 날 바라보던 보모들, 엄마가 도와줘야 하는 숙제도 꾸역꾸역 혼자 해 가던 기억들, 학교에선 매번 뭔가 부족해서 항상 위축된 채 생활하던 날들, 쟤네 엄만 자꾸 바뀐다고 쑥덕이던 아이들, 얼굴조차 기억나지 않고 날 찾지 않는 아빠……. 나는 나도 모르게 속에 있는 걸 쏟아 내고 있었다. 수도꼭지를 잠근 건 상담이었다.

"그랬니? 정말 힘들었겠구나."

역시 상담샘은 다르다. 말해 놓고 후회하지 않

긴 오랜만인 것 같아 마음이 점점 풀렸다. 난 감정을 추스르며 대답했다.

"저만 빼고 다 중요한 일이죠, 엄마한텐."

"그래서 필리핀 보모랑 함께 가출하려고 한 거니?"

내가 허점을 보이자 상담은 정곡을 찌르고 들어왔다.

"······."

"그 필리핀 여자, 이름이······. 맞다, 조세핀이었나? 너한테 잘해 줬니? 그 여자가 먼저 가자고 했니?"

"에이 씨!"

난 자리를 박차고 일어났다. 화나서가 아니었다. 어떻게 말하면 조세핀을 보호할 수 있을까, 생각할 시간이 필요했다.

좁은 상담실 안을 서성이며 조세핀에 대해 생각해 봤다. 나는 조세핀을 멍세핀이라고 불렀다. 줄여서 멍. 늘 배시시 웃어서 바보 같아 보였고, 영어 발음도 후졌다. 내 장난에도 매번 속아 주는 건지, 진짜 속는 건지 하여간 너무 멍청해 보였다. 엄마 지갑에서 돈을 훔치고 중국 교포 아줌마한테 누명을 뒤집어씌워 내보낸 다음 조세핀이 왔을 때, 딱 한 달짜리 보모라고 생각했다.

그런데 제길, 멍세핀은 착했다. 날 믿어 주었고, 기다려 주었다. 엄마한테 일러바치는 일도 없었고 내 비위를 다 맞춰 주었다. 내 입장에서 날 이해해 주었다. 날 보면 자기 동생이 생각난다며 울먹였다. 우리 엄마한테 돈만 바라던 다른 보모들과는 차원이 달랐다. 내가 무슨 잘못을 저질러도 내 편이 되어 줄 사람은 엄마가 아니라 멍세핀이라는 생각까지 들 정도였다. 이제야 내 마음에 드는 보모를 만났는데…….

"걔가 먼저 가자고 한 게 아니라요."

"평소에는 엄마라고 부른다며, 걔라니…."

"아홉 명 중 아니, 우리 엄마까지 열 명인가. 하여간 그중에 걔가 제일 엄마 같다 이거지, 누가 엄마라고 불렀대요? 걘 멍세핀이에요. 얼마나 멍청한데요."

"비행기 표는 네가 예약했니?"

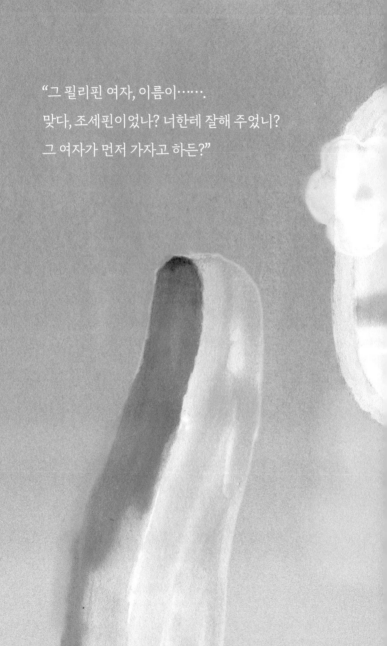

"그 필리핀 여자, 이름이…….
맞다, 조세핀이었나? 너한테 잘해 주었니?
그 여자가 먼저 가자고 하든?"

이번 상담, 자꾸 핵심을 찌른다. 빨리 머리를 굴렸지만 딱히 마땅한 거짓말이 생각나지 않았다.

"멍은 아마 자기가 잘못했다 할 거예요. 그거 믿지 마세요. 걔가 얼마나 멍청한지 제가 말해도 못 믿으실 걸요? 그냥 내가 가고 싶다고 졸랐어요. 에이 씨. 영어 좀 잘하라면서요. 가기 싫다던 영어 학원 뺑뺑이 시킬 땐 언제고. 캠프 가려고 한 게 뭐 대단한 잘못이라고 그래요?"

"캠프는 2주일이 채 안되던데, 비행기는 3주 뒤 돌아오는 걸로 돼 있더구나. 왜 그랬니?"

"그건⋯⋯."

내가 가고 싶어서 간다는데, 엄마가 허락했다는데 왜 자꾸 묻고 난리야. 어떻게 대답하면 좋을까. 어떤 게 멍세핀을 보호하는 길일까. 아무리 머리를 굴려 봐도 답이 떠오르지 않았다.

　몇 해 전 스물을 넘긴 멍세핀에게는 어린 동생
이 네 명이나 있다. 내 나이 또래도 있고 더 어린
아이도 있다. 엄마에게 월급을 받는 날이면 멍은
먹이를 구하러 가는 어미 새처럼 마트로 쪼르르 달
려갔다. 색연필, 공책 등 학용품을 주로 사고 속옷
이나 양말을 크기별로 사기도 했다. 과자나 초콜릿
을 종류별로 고르는가 하면 어느 날은 아이돌 가수
의 CD를 사서 박스에 넣었다. 박스 말고도 월급의
80퍼센트 정도 되는 돈을 보냈는데, 그 돈으로 필
리핀의 동생들이 밥을 먹고 생필품을 사
고 학교에 다닌다고 했다.
　"CD는 왜 보내?"

플레이어는 있고? 라고 물으려다가 말았다. 안 해도 될 말 같아서. 자기도 없는 걸 동생들이 갖고 있을 리가 없으니. 멍은 뭐든지 꼭 두 개씩 사서 하나는 박스에 넣고 하나는 우리 집에 있는 자기 방에 고이 모셔 뒀다. 보고 있으면 저런 멍청이, 라는 말이 안 나올 수가 없었다.

"동생들이 케이 팝을 좋아하거든. 싫어해 케이 팝, 태영은?"

멍은 한국말을 꽤 잘했는데 가끔 순서를 엉망으로 말하곤 했다. 한국 드라마를 그렇게 봐도 고쳐지지 않는 말버릇이었다.

"나도 좋아해. 하지만 CD를 사진 않고 다운받아 듣지."

"그건 진짜 팬 아니야."

"왜?"

"실물이 없잖아. 보이지도 않고 만지지도 못하고."

"음악은 원래 그런 거야."

"맞아. 그렇지만 실물이 없으면 존재하지 않는 줄 알더라고. 사람들은."

"누가? 그게 무슨 말이야?"

"음…… 동생들한테 많이 해, 한국 자랑. 동생들은 내가 보내는 물건으로 한국을 알고 느껴. 그래서 보내는 거야."

영어 때문에 집에 들여놓은 멍세핀이 한국말을 배우는 걸 엄마는 대놓고 싫어했지만, 우리는 틈만 나면 한국말로 조잘대며 같이 드라마를 보고 음악을 들었다. 난 멍이랑 한국말로 말하는 게 좋았다. 케이 팝이나 드라마에 대해 나보다 더 많이 떠드는 멍세핀이 귀여웠다. 옆 동네에 있는 음반 가게에 가서 서로 좋아하는 가수에 대해 말하고, 학원 시간이 지난 줄도 모르고 음악을 들을 때면 나를 늘 따라다니던 불안이 조금 덜어지는 기분이 들었다. 멍이 제일 좋아하는 건 보이밴드나 아이돌 노래였지만 제일 많이 듣는 건 90년대 가요였다. 그중에서도 P그룹의 노래를 자주 들었다. 사랑이니 우정이니 하는 P그룹의 노래는 아저씨들 말고 듣는 사람이 없었다.

"그건 너무 옛날 노래 아니야? 요즘엔 이거지."

나는 최신 보이밴드의 앨범을 보여 줬다. 멍은 내가 들이민 앨범을 본 건지 만 건지 딴 소리를 했다.

"이거 들으면 놀러 온 기분이 들어. 칵테일 마시고 싶어져."

멍은 멍하게 말해놓고는 술 얘기를 해서 미안하다고 했다.

"웬 아저씨 취향."

그러곤 잊어버렸다. 나는 멍이 왜 아저씨 취향의 노래를 듣는지 관심이 없었다.

"이거 좋다. 막내한테 보낼래."

그냥 가수 이름과 제목을 동생들한테 말해 주면 될 걸, 멍충이. 돌쟁이가 뭘 안다고 CD를 보낸담. 항상 동생들이라고 에둘러 말하지만 네 명 중 막내는 멍의 동생이 아니다. 멍이 낳은 아이다. 멍세핀이 아무리 천연덕스럽게 거짓말을 해도, 그 애가 멍의 동생이라고 믿어 주고 싶어도, 자연스럽게 알게 되는 것도 있다. 그런 걸 진실이라고 불러도 될까.

아기 이름은 훈이다. 훈. 한국식 이름이라는 걸 내가 모를 리 없다. 바보 같은 멍세핀은 'for Hoon'이라고 쓴 박스를 애써 감춰 가며 우체국으로 들고 갔다.

"훈은 남자 이름인데. 아들이야?"

내가 아무런 감정 없이 묻자 명은 깜짝 놀랐다가 잠시 안절부절 못하더니 금방 포기한 표정을 지었다. 내가 엄마한테 말하지 않을 거란 걸 알았겠지.

"응, 한 살이야. 내 아들."
"보고 싶겠네."
"많이."

이름이 왜 훈이냐고는 묻지 않았다. 사진 속 아기는 명처럼 피부가 까무잡잡하지도 눈이 동그랗지도 않았다. 훈이는 자기 엄마인 명보다 오히려 날 닮아 있었다.

"이왕 이렇게 된 거, 정말 솔직하게 말씀드릴게

요. 대신 조세핀을 내보내지 않아도 된다고 엄마한테 말씀 좀 해 주세요."

"내가 그래야 하니?"

"자그마치 아홉이라고요. 그중에 제일 낫고, 지금 저한테 필요한 단 한 명이고요."

"그래, 일단 더 들어 보자."

영어 캠프를 빙자한 여행을 떠나자고 한 건 사실이었다. 티켓값이 훨씬 싸다며 필리핀 항공을 제안한 건 멍이었고, 경비는 영어에 눈이 먼 엄마가 부담했다.

"엄마가 허락한 거예요. 아직 시간 많이 남았잖아요. 왜 그렇게 난리래요. 언제부터 나한테 관심 있었다고."

"엄마한테 관심받고 싶었던 거야?"

그게 나을까? 엄마한테 관심받고 싶었던 사춘기 애가 일탈한 걸로 말을 맞추는 게? 마음만 급하지 확신이 서질 않는다.

"자꾸 저 떠보지 마세요. 엄마 관심이 필요하던 건 어릴 때고요, 이미 버스는 떠났어요. 엄마는 그때나 지금이나 나한테 관심 없긴 마찬가지잖아요? 이왕 이렇게 된 거 솔직하게 다 말씀드리는 건데요, 전 반항이나 가출, 뭐 그런 게 아니라 간만에 마음 맞는 언니 같은 보모랑 여행 좀 하고 싶었던 거라고요."

나는 비교적 솔직하게 털어 놓았다. 보모를 엄마처럼 믿고 의지한다는 건 왠지 좀 부끄러웠지만 멍이라면 보호해 줄 가치가 있었다. 다른 보모들은 밥해 주고, 빨래해 주고, 학원 데려다주는 게 다였

다. 그런데도 엄마는 그 보모들이 엄마를 대신해서 잘하고 있다고 안심했고, 돈으로 엄마 노릇을 때웠다. 그런데 이젠 나에게서 제대로 엄마 노릇을 하던 멍세핀을 빼앗아 가려고 한다.

"선생님은 엄마가 도대체 뭐라고 생각해요? 조세핀은 날 알아요. 내 상황을 알려고 노력한다고요. 지난번에 남고 일진들한테 휴대폰 뺏겼을 때도 눈 부릅뜨고 끝까지 따라가서 찾아온 거, 조세핀이에요. 어찌나 끈질겼던지 그 깡패 같은 애들도 이제 나 그냥 내버려 둬요. 이런 얘기 엄만 모를 걸요?"

그때를 생각하면 멍한테 미안하다. 우리가 처음부터 친한 건 아니었다. 동네 카페 앞에서, 편의점을 지나다가, 102동과 103동 사이에서 멍과 마주칠 때마다 나는 멍을 모른 척했다. 보이는데도 안 보이는 투명 인간 취급을 했다. 속으로 꽤 오래 버티네 하고 말았다. 좀 더 솔직히는, 창피했다.

나는 멍을 향한 시선들을 봤다. 거침없고 노골적이었다. 자기들끼리 주고받는 혐오와는 차원과 깊이가 다른 증오였다. 금발의 원어민 강사에게는 웃으며 인사를 건네던 아이들은 표정을 바꾸어 멍을 바라봤다. 아무 노력 없이 우위를 점령한 사람의 얼굴은 비열했다. 그들이 그런 눈으로 쳐다보는 사람들 속에 내가 포함되는 게 싫었다. 멍세핀과 나는 엄연히 다르다고 생각했다.

사람들은 자기들 신발에서 나는 은행 냄새도 멍한테서 나는 냄새 취급을 했다. 멍세핀이 지나가면 보란 듯이 코를 움켜쥐었다. 한번은 엄마 심부름으로 상가 떡집에서 흑미떡을 사던 멍을 보고

멍과 마주칠 때마다 나는
멍을 모른 척했다.
보이는데도 안 보이는
투명 인간 취급을 했다.

"시커먼스가 시커먼 걸 먹네."라며 깔깔대는 사람들을 봤다. 옆에서 그 말을 들은 사람도 그 말이 마땅하다는 것처럼 가만있었다. 멍은 어떤 반응도 하지 않았다.

멍이 반응하는 건 어린 아이들이었다. 멍은 아기들을 좋아했다. 다가가거나 만지지는 못했지만 아기를 보면 마음을 다해 반가워하며 좋아했다. 그다음은…… 나였다. 멍은 나만 보면 입이 찢어져라 얼굴을 망가뜨리며 웃었다. 손에 내가 좋아하는 간식거리라도 들고 있을 때 그걸 보여주며 세상을 다 가진 것처럼 굴

었다. 기껏해야 빵이나 과일 몇 개가 다면서. 그럴 때마다 나는 얼굴에서 표정을 지우고 최선을 다해 모른 척했다.

밖에서야 어떻든 집에서는 분위기가 전혀 달랐다. 집에서는 멍을 모른 척할 수도, 무시할 수도 없으니 다를 수밖에. 멍은 한국 음식을 잘 먹었다. 요리도 잘했다. 제일 좋아하는 음식은 짜장면이랑 떡볶이였다. 내가 제일 좋아하는 것과 같았다. 멍이 나 때문에 그걸 좋아한다고 말했는지는 모르겠다. 함께 먹으면 나보다 더 맛있게 잘 먹었으니까. 제일 잘하는 요리는 닭튀김이었다. 족발을 집에서 만들었고 삼겹살을 구워 먹기도 했다. 계란말이도 잘했는데 채소를 골고루 다진 다음에 계란 사이에 숨겨 놓고 길고 가늘게 말아서 케첩을 뿌리면 그 안에 어떤 채소가 들었는지 알 수가 없었다. 엄마는 조세핀 덕분에 내가 채소를 잘 먹게 됐다고 흡족해했다.

집에서는 음식을 같이 먹으면서 밖에 나갔을 때 모른 척하는 게 미안하던 터에 사건이 터졌다. 중간고사를 일주일 정도 앞둔 날이었다. 그때의 학원가는 아수라장이다. 평소에는 공부와 거리가 먼 녀석들도 밤늦게까지 학원 앞이나 독서실 근처를 어슬렁거린다. 아빠나 엄마가 데리러 오는 아이들, 진짜로 공부를 해 보려고 학원에 온 아이들이 쫙 빠져나가고 나면, 좀비처럼 다른 목적으로 거리로 나온 아이들이 들어선다. 편의점에는 집에 가기 몇 분 전 허겁지겁 허기를 때우는 아이들과 집에 가도 기다리는 사람이 없거나 가족들이 있어도 기다리지 않는 아이들이 있었다. 전자도 후자도 아닌 나는 최대한 천천히 걸으며 집으로 가고 있었다. 자전거가 옆으로 씽씽 소리를 내며 지나갔다. 자전거 타고 올걸. 길바닥에 유난히 짓이겨진 은행이 많이 보였다.

"대박, 오만 원짜리도 있어!"

PC방 후문 쪽이었다. 거기서는 항상 저런 류의 말들이 오고갔다. 뻔한 스토리였다. 눈에 보이는 가장 만만한 상대를 골라 시비를 걸고 돈을 뺏는다. 그 돈으로 PC방을 가거나 치킨을 사 먹는다. 오늘은 또 누가 타깃인가. 도긴개긴 지질한 것들끼리 서로 뺏고 빼앗기며 싸우고 울고. 지겹지도 않은가.

"이건 어느 나라 돈이냐?"

"그냥 버려! 별로 많지도 않아 보이는 거."

"쓸데없이 그걸 왜 뺏었어. 너나 가져."

자극적인 말들이 들렸지만 길거리에서 흔히 들을 수 있는 시시한 소음일 뿐이라고 애써 생각했다. 나하고는 아무 상관없는 말들이다. 자고로 남일엔 참견하는 게 아니다. 나는 길바닥에 떨어진 은행을 밟지 않기 위해 조심조심 걸었다. 최대한 태연하게, 절대 속도를 내지 않고, 너희 일엔 관심 없는 행인일 뿐이라는 걸 온몸으로 내보이면서.

집에 도착하니 엄마 혼자 있었다. 신발도 벗기 전에 엄마가 얼굴에 팩을 붙인 채 말을 걸었다. 팩이 떨어질까 봐 조심해서 말하느라 발음이 좀 샜다.

"왔어? 조세피는?"

"걜 왜 나한테 물어?"

"너 데리러 갔는데?"

"나를? 왜?"

"지금 큰거리마트 마감 세일 할 시간이라 내일 찬거리도 사 오라고 할 겸."

"온 지 얼마 안 돼서 길도 잘 모르는 애를……. 엄마는 왜 안 하던 걸 시켜."

"아니…… 현관문 도어 록에서 계속 소리가 나잖아. 배터리가 하나도 없는데 이따 밤에 안 잠기면 어떡하니."

나는 현관으로 들어가다 말고 다시 나갔다.

"어디 가! 알아서 오겠지, 자전거 타고 갔어! 만나면 전화해!"

멍세핀, 이 맹추. 배터리는 가까운 편의점에서 사고 마트는 문 닫았다고 하면 될걸. 뭘 기어이 학원까지 오냐고. 불길한 예감은 틀리는 법이 없다. PC방 쓰레기통 옆 넘어진 자전거와 함께 멍이 쭈그리고 앉아 있었다.

"뭐 하냐?"

"어? 태영, 내가 늦었지. 미안해."

멍은 그 말을 하면서도 날 보고 웃었다.

"지난번에 너 놀렸던 애들이지? 왜 당해! 소리 지르고 도망가든가 급소를 차 버리지."

"어떻게 그래, 애들한테."

뭐라는 건지. 어른 노릇은 꼭 이럴 때 하려고 든다니까.

"돈도 뺏겼어?"

"조금 줬어."

기가 막혔다.

저 멍청이!

"뭐라고 하지? 마담한테?"

지금 그게 걱정이냐! 이 바보야.

"나랑 뭐 사 먹었다고 하면 되지. 일어나."

그랬던 멍이 내가 핸드폰을 뺏겼을 땐 태도가 180도 달랐다. 나는 똑같은 자리에서 똑같은 방법으로 당했다. 남 일인 줄만 알았는데. 그래서 방심했던 게 실수였다. 약한 사람과 외로운 아이를 귀신같이 골라내는 그들은 엄마가 출장 간 사이 내가 집에 늦게 들어가던 그 순간을 놓치지 않았다. 막상 PC방 뒤로 끌려가니 다리가 후들거리고 손이 떨려 말이 제대로 나오지 않았다. 밖에서 볼 땐 몰랐었는데. 그 자리에 서 보지 않았으면 평생 몰랐을 텐데. 내가 울면서 들어오자 멍은 자기를 넘어

뜨렸던 그놈들을 찾아, 끝까지 쫓아가서 폰을 받아왔다. 너네 나라로 꺼지라고, 무시하고 이죽거리는 아이들한테 웃어 보이지도, 기죽지도 않던 유일한 순간이었다. 나도 포기했던 내 휴대폰을 찾아 들고 오면서 멍세핀은 액정이 깨졌으면 어떡하나 걱정했는데 다행히 안 깨졌다면서 웃었다. 그 얼굴을 마주하니 나는 더 이상 밖에서 멍을 모른 척할 수가 없었다. 입이 찢어져라 웃는 멍 옆에서 함께 웃지 않을 도리가 없었다.

상담은 내 말을 유심히 들었다. 먹히는 것 같아 보였다. 엄마를 파는 건 그동안 상담에 불려 다니면서 생긴 노하우다. 얼마 전 방송에서 무섭게 생긴 강사가 '문제아의 필수 요소는 문제 부모'라며 엄마들을 모아 놓고 호되게 혼내는 걸 봤다. 가장 큰 문제는 내가 아니라 엄마인 거다. 국제적 가출 시도는 엄마의 욕심과 무관심이 부른 화다. 엄마가 필요했을 뿐인 나, 엄마 노릇을 대신한 일밖에 없는 멍은 무죄다. 다음 주에 있을 부모 상담 시간에 상담은 엄마를 혼내며 이번 사건을 단순한 해프닝 정도로 설명할 것이고, 조세핀은 쫓겨나지 않을 것이다.

됐다. 상담을 시작할 때와 달리 한결 마음이 가벼워졌다. 앞에 놓인 주스를 마시며 둘러보니 상담실은 창도 크고 햇살도 제법 넉넉히 들어왔다. 마치 취조실 같던 이곳이 안락하게 느껴지기까지 했다. 그때 책상 구석에 있던 전화기가 비명을 지르는 듯 기분 나쁜 소리를 내며 울렸다. 상담이 수화기를 들었다.

─선생님, 왜 이렇게 전화가 안 돼요. 아무튼
다 해결됐어요. 조세핀이 자백했거든요.

엄마 목소리였다. 상대방이 전화를 받자마자 속
사포처럼 자기 말만 쏟아 내는 게, 딱 엄마답다고
생각했다. 나는 엄마가 뭐라고 말하는지 듣기 위해
귀를 쫑긋 세웠다.

"태영 어머니, 무슨 말씀이세요? 자백이라니……. 누가, 뭘요?"

상담은 당황한 듯 수화기를 손으로 막으며 몸을 벽 쪽으로 돌렸다. 벽을 바라보며 서 있는 상담의 옆얼굴이 서서히 굳어졌다. 난 상담을 쳐다봤지만 상담은 나와 눈이 마주치지 않기 위해 이리저리 고개를 돌렸다.

"자백이라니? 얼마나 애를 몰아붙인 거야! 선생님, 엄마한테 말 좀 해 주세요. 멍한테 너무 뭐라 하지 말라고요. 우리 집에 온 지 일 년도 안 돼서 나랑 이 정도로 친해진 보모는 개 하나라고요. 개 내보내고 열 번째 들이면, 저 정말 집 나갈 거라고요. 들었지? 엄마?"

내 말은 수화기 너머 엄마 목소리만큼 힘 있지

않았다. 엄마는 멈추지 않고 말을 쏟아 냈다.

　비행기표를 끊던 날, 버스를 타고 시내에 다녀온 멍은 얼빠진 표정으로 중얼거렸다.

　"찾은 거 같아, 그 사람."

　"누구?"

　"애 아빠."

　"아빠?"

　멍은 넋이 나가 보였다. 나도 멍만큼이나 정신이 없었다. 멍이 훈이라는 단어에 이성을 잃듯이 나는 아빠라는 말에 흔들린다. 훈이의 아빠가 한국에 있었다니. 진짜로 있었다니.

　"어디서 찾았어?"

　"사이트에 사진을 올렸더니 연락이 왔어. 강남

에서 영어를 가르치고 있대."

"만났어?"

"아직. 봉사 단체에서 전화만 연결해 줬어. 내가 여기 와 있는 걸 알고 많이 놀라던데."

하여튼 여러 사람을 놀라게 하는 재주가 있다, 명.

"아이를 보여 주고 싶어. 사진 말고 진짜 실물. 필리핀에 가자고 하면 절대 안 갈 텐데. 내가 아이를 데리고 오는 방법밖에 없어. 휴가를 얻을 수 있을까? 마담이 허락하실까?"

그렇다. 훈이는 아빠와 만나야 한다. 아예 아빠가 없는 게 아닌데…… 만나는 봐야 하는 거 아닌가? 온 세상의 아이는 아빠와 서로 만나야만 한다. 나도, 훈이도.

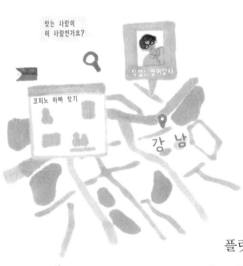

찾는 사람이
이 사람인가요?

직업: 영어강사

코피노 아빠 찾기

강 남

"지난 번에 엄마랑 영어 캠프 얘기하지 않았어? 팸플릿 본 거 같은데."

"그랬어. 그때 기간은 짧은데 가격이 비싸다고, 마담이 더 생각해 본다고……."

"그거 간다고 하자. 영어 캠프 간다고 하면 돼. 나랑 가자. 가서 데리고 오자. 혼자 간다고 하면 그만두라고 할지도 모르잖아."

그렇게 된 거다. 간단한 거 아닌가? 복잡할 게 하나 없다. 멍은 아이를 데려와서 좋고, 난 겸사겸

사 캠프도 가고, 여행도 하고. 아이를 데려오겠다는 생각뿐인 멍은 내 계획에 금방 동의했고, 엄마도 생각보다 쉽게 속았다. 애초에 자기 일에 지장만 없다면, 그리고 돈이 아주 많이 드는 일이 아니라면 엄마는 뭐든 허락할 것 같았다. 어차피 내 생활엔 관심이 없었으니까. 그래도 그렇게 쉽게 허락하다니 좀 허무하긴 했다. 엄마는 동료에게 멍을 소개받았을 뿐 멍에 대해 아무것도 몰랐다. 알려고 들지도 않았다. 도우미란 딸과 마찬가지로 있는 듯 없는 듯 귀찮게 굴지 않아야 데리고 살 수 있는 거니까.

그런데 이제 와서 일이 다 틀어졌다. 흔쾌히 허락해 놓고서 이제 와 납치 시도였다고 말하는 엄마가 비겁해 보였다. 필리핀에 가지 않는 건 괜찮지만 멍이 쫓겨난다면……. 열 번째 보모도 싫고 혼자도 싫다. 내가 바꿀 수 있는 게 하나도 없다. 막막하다.

"미안하구나."

상담은 내게 침울한 표정으로 엄마도 하지 않은 사과를 했다.

"조세핀이 널 납치하려 했다고 방금 자백했다는구나."

그럴 리가 없다. 거짓말이다.

"제가 같이 간다고 했다니까요. 아이를 데리러요. 아니, 그렇다고 캠프를 안 가겠다는 건 아니고요, 영어 캠프도 참석하려고 했어요, 진짜로요."

"남자가 신고를 했대. 자기를 협박하고 널 납치

하려고 했다고. 체류 기간도 넘겨서 불법 체류자 신분이었나 봐."

"선생님, 그게 아니라고요. 그 남자가 조세핀이랑 사귀면서 결혼을 할 것처럼 거짓말을 했대요. 그 사람이랑 애도 낳았대요. 훈이요, 훈이. 이게 다 그 남자가 꾸민 짓일지도 몰라요! 조세핀 말도 들어 본 거 맞아요?"

"조세핀의 거짓말이야. 아이가 있다는 증거가 없어. 같이 찍은 사진이랑 주민 등록 번호 같은 것도 없고. 누구 애인지도 모를 아이 사진으로 협박한다고 될 게 아니야."

"훈이가 누군지 모른다고요? 딱 봐도 한국 애던데요? 아빠를 닮았다고

요. 조세핀한테 사진이 있어요!"

"아이 사진으로 너를 꼬드겨 데려가려고 했고, 남자한테서는 돈을 받으려고 했어. 엄마랑 통화해 볼래?"

그러겠다고 했다. 상담실에 하루 종일 있는데 이제야 내가 궁금했나. 와 보지도 않고 전화로 걱정하는 엄마한테 짜증이 났다.

"엄마, 그게 아니야. 그게 아니라고."

—그동안 낮에 너 혼자 두기 싫어서 보모들을 불렀었는데, 일이 이렇게 됐구나. 이젠 혼자 있을 수 있지? 그게 낫겠어. 도대체 사람 쓰기가 이렇게 힘들어서야 되겠니.

"혼자 있는 거, 그래, 백 번이 라도 있을게. 그런데 조세핀

개가 나 납치하려고 한 거 아니야."

—그래. 네가 당할 애는 아니지. 그런데 필리핀
이라는 나라가 그렇대. 들어가면 널 못 찾을 수도
있었어.

"안 갔잖아. 그러니까 없던 일로 하고……."

—없던 일이 되니, 그게? 납치에, 협박에, 불법
체류에.

"아니라고. 아니야. 엄마가 뭘 아는데?"

—아니긴 뭐가 아니야. 애를 데리러 가? 그 애
가 조세핀 애인지 누구 애인지 어떻게 알아? 왜 그
렇게 무모하고 겁이 없니? 세상이 얼마나 무서운
데. 출생 신고도 안 하고, 여권도 못 만드는 애를 데
리고 오겠다는 거 자체가 사기야. 너, 속은 거라고.

"애는 못 데리고 오더라도 조세핀은 우리 집에

서 계속 있으라고 하면 안 돼?"

　──안 돼. 그만해. 자백해서 죄 인정했으니까 곧 추방당할 거야.

　"짜증나."

　──애가 점점.

　"엄마 노릇 좀 하라고."

　──지금 하잖아.

　"이게 뭐가 엄마 노릇이야. 전화로 여기저기 명령만 하는 거? 엄만 내가 뭘 원하는지 알아? 조세핀 데려오라고! 아빠를 데려오든가! 있긴 있어? 아빠라는 사람?"

　──아빠 얘기가 왜 나와. 너, 왜 그래?

　"됐어. 둘 다 필요 없어."

　멍청한 명세핀. 훈이 때문이었겠지. 납치가 뭔

뜻인지 알기는 했을까. 그냥 가 버리면 그만인가.

명세핀은 그렇게 떠났다. 거짓말을 했기 때문에 한국에 다신 못 온다고 했다. 나는 요즘 제일 유명한 아이돌 그룹의 CD를 골랐다. 두 살배기 아기 옷도 샀다. 훈이가 크는 걸 사진으로만 본 명은 항상 아이 옷을 돌잡이 사이즈로 보냈다. 좀 큰 옷을 사야 아기가 오래 입지. 엄마가 멍청하면 애까지 고생이다. 초콜릿도 사고 핸드크림도 박스에 넣었다. 먹고 입고 듣고 냄새도 맡으면서 재수 없는 한국 생각, 실컷 하라고.

지루했다. 새 학년에 올라가도, 낯선 얼굴들이 내 앞에서 지나다녀도 새로울 게 하나 없었다. 혼자 지내라는 엄마의 말이 망령처럼 붙었는지 학교

에서도 학원에서도 집에서도 난 언제나 혼자였다. 앞으로 나에게 돈이 아니라 시간을 쓰겠다고 큰소리친 엄마는 일하는 곳을 옮겨 가며 퇴근 시간을 앞당겼다. 그래 봤자 아홉 시에서 여덟 시 정도로 당겨진 거였다. 그땐 어차피 학원에 가 있을 시간이었다.

동네에 있는 영어 학원이란 학원은 다 다녀 봐서 이제 더 이상 갈 학원이 없을 것 같았는데, 밟아도 계속 싹을 틔우는 잡초처럼 학원은 계속 생겨났다. 새 학기부터는 강남에서 새로운 선생님을 초빙해 왔다며 대대적으로 광고한 학원에 다니게 됐다.

"마이 네임 이즈 브랜든. 앞으로 잘해 봅시다!"

한참을 쳐다봤다. 아는 사람은 아니지만 모르는 사람도 아닌 것 같다.

지루했다. 새 학년에 올라가도,
새로운 얼굴들이 내 앞에서 지나다녀도
새로울 게 하나 없었다.

"태영 학생, 무슨 할 말 있어요?"

"선생님, 한국 이름이 뭐예요?"

"김영훈. 왜?"

"그냥요. 필리핀에 가 본 적 있어요?"

"필리핀?"

브랜든은 어깨를 한번 으쓱할 뿐 답을 하지 않았다.

"P그룹 알죠? 좋아해요?"

"오, 중학생이 그걸 다 아네? 90년대 후반에 난리였지. 나뿐만 아니라 그때 학창 시절을 보낸 사람이라면 누구나 좋아할걸?"

"그중에서 무슨 노래 좋아해요?"

"쓸데없는 소리는 그만. 시험 잘 보면 나중에 말해 줄게."

다 나중이라지. 그놈의 시험이 끝난 뒤라지. 상관없다.

"자, 이 문제만 잘 외워도 반은 맞는다고 생각하고, 최선을 다해 풀어 봅시다."

시험지를 받아 들었다. 앞장은 객관식, 뒷장은 주관식 작문 문제였다. 앞장을 대충 풀고 뒷장을

넘겼을 때, 무슨 생각으로 그랬는지 모르겠지만 단한 문장밖에 생각나지 않았다.

세임 온 유(Shame on you).

그래, 기껏해야 학원을 옮기게 되겠지. 조세핀을 내쫓은 것처럼 나도 내쫓겠지. 기껏해야 할 수 있는 게 그것뿐이겠지. 두 번째 문제에도 그렇게 적었다.

세임 온 유.

책상과 책상 사이를 지나다니던 브랜든이 내 시험지를 집어 들었다.

"이게 뭐지?"

또 상담실에 불려 가게 되는 건가.

"누구 보라고 이런 걸 쓴 거야?"

누구긴 누구야. 자식을 낳고 모른 척한 훈이 아빠? 아니면 자식을 낳고 버린 나의 아빠? 아니면 보모에게 날 맡겨 놓고 무관심했던 엄마에게 하는 말이었다고 해야 하나. 하나같이 비겁한 어른들한테 하는 말이라고 해 둘까.

"답, 이거 아니에요?"

"아니야, 다시 적어."

상담실에 불려 가진 않을 건가 보다. 새로운 상담실에 불려 간대도 상관없었는데. 셰임 온 유. 첫 문장을 쓰고 나니 그다음은 술술 풀렸다. 하고 싶은 말이 이렇게나 많았다니. 누구에게 보낼까. 누가 답을 알고 있을까. 내 말에 답을 해 줄 사람이 엄마인지, 아빠가 될지, 아니면 브랜든일지 알 수 없었다. 누구에게 쓰는지도 모른 채, 난 부치지 않을 편지를 시험지에 계속 써 내려갔다.

박유진

여러 사람의 손을 잡으며 자라면서도

혼자라고 느끼는 아이 곁에

언제나 이야기가 존재하길 바라는 마음으로.

사진 ⓒ고은영

|소설의
|첫만남 **18**

멍세핀

초판 1쇄 발행 | 2020년 7월 24일
초판 5쇄 발행 | 2024년 6월 3일

지은이 | 박유진
그린이 | 안유진
펴낸이 | 염종선
책임편집 | 구본슬
펴낸곳 | (주)창비
등록 | 1986년 8월 5일 제85호
주소 | 10881 경기도 파주시 회동길 184
전화 | 031-955-3333
팩시밀리 | 영업 031-955-3399 편집 031-955-3400
홈페이지 | www.changbi.com
전자우편 | ya@changbi.com

ⓒ 박유진 2020
ISBN 978-89-364-5928-4 44810
ISBN 978-89-364-5924-6 (세트)

* 이 책 내용의 전부 또는 일부를 재사용하려면
  반드시 저작권자와 창비 양측의 동의를 받아야 합니다.
* 책값은 뒤표지에 표시되어 있습니다.